우는 여자

동·방·시·시·집

신세림

우는 여자

동·방·시·시·집

일러두기

겉으로 드러난 편 편의 의미에 대해
너무 집착하지 말았으면 좋겠다.
자칫, 천박한(?) 섹스 탐닉주의자나 비도덕적인
인간의 배설물로
내비칠 수 있으니까 말이다.
하지만 인간의 본질에 대해 조금이라도 깨달은 바가 있는
사람들은 편 편의 작품 속을 관류하는
시인의 영혼을 읽어낼 것이다.
그것이 곧 작품들 사이의 유기적 관계로써 나타나는,
시인이 말하고자 한 메시지이고
숨겨진 시인의 육성인 것이다.
모르긴 해도, 일련의 작품들을 끝까지 다 읽고나면
문득 궁색한 편견 속에 살고 있는 자신을 되돌아보게 되며,
세상과 인간을 보는 눈이 새롭게 열릴 것이다.
이를 두고 개안(開眼) 내지는 개벽(開闢)이라고
굳이 말을 하지는 않겠다.

自序

언제부턴가 나에 대하여 누군가가 이러쿵저러쿵
소개하는 것을 별로 좋아하지 않는 사람임.
그들은 다 앵무새 같거나 거짓말장이이므로.

내 스스로 말할 수 있는 것은, 고등학교 시절부터
지금(1973~2002)까지 울며불며 시를 써왔지만
누구에게도 인정받지 못하고, 또 스스로도
만족해 보지도 못하고 있는 사람임.

그동안 몸은 세상 한가운데에 두면서도
늘 세상 밖을 꿈꾸어 왔으니 그것도 당연지사!

이제 40대 후반에 들어서야 숨 쉬고 살아 있는 지금
이 순간보다 소중한 것이 없다는 거짓을
받아들이기로 하고서 살아있는 것들의 작은 숨소리에
귀를 기울이기로 다짐하였음.

그동안 먹고 살기 위해 약간의 노동을,
그러니까 책을 읽고 글을 쓰는 일을 좀 해왔지만
이 시집이 혹 팔려서 돈이라도 된다면 그나마
그 일조차 하지 않을 작정임.
난 하루에 한 끼니나 두 끼니 정도만 먹으면 되니까.

여기 실리는 시들의 대부분은,
2002년 12월 30일 오후 시간부터 쓰기 시작하여
2003년 1월 5일 새벽 사이에 걸쳐,
그러니까 약 7일간에 다 썼던 것으로,
내 생에 처음 있는 기이한 일이다.
아마도, 시가 아니어서 그런지 모르겠다.

2003. 1. 5. 02:53
동방시 끄적거리다

제1부 오늘도 그녀는 샤워중이다

제2부 늘 서있는 남자

흥분하지 않는 여자   제3부

제4부   세상이 가벼워지고 있다

오늘 아침 나의 깨달음　　제5부

제1부

오늘도 그녀는 샤워중이다

❀우는 여자 · 1

좋은 친구들과 만나
술에, 대화에 얼근하게 달아오르면
어김없이 우는 여자,
어느새 눈물을 훔치기 시작하면서
소리 내어 흑흑거린다.
구석구석 알몸 속으로 숨겨진 슬픔의 씨앗들이
이성적 제어력이 약해진 틈을 타
일제히 싹을 틔우며 몸 밖으로 나오는 탓일까.
아무리 말려도 멈출 줄 모르는 그녀의 울음은
그냥 저절로 멈추어질 때까지 내버려 두는 것이 상책.
지금 내 곁에 있는
그런 여자는 그런 여자대로 매력이 있다.
지수가 낮고 낮은 만큼 단순하므로
단순한 만큼 솔직하고 감정이 풍부하므로
그런 여자는 그런 여자대로 맛이 있다.
돌아서면 무자비한 고집도 있지만.

🌼우는 여자 · 2

세상엔 그런 여자도 있다.
세상엔 그런 풀꽃 같은 여자도 있다.

오르가즘이란 산의 7부 능선만 올라가도
신음 대신 간헐적으로 울기 시작하는 여자.
8부, 9부, 정상에 가까워질수록
슬픔의 바다를 토해 놓듯이
허허벌판에서 엉엉 우는 여자.
그녀의 입을 한손으로 틀어막으면서
더욱 힘 있게, 더욱 깊숙하게, 더욱 빠르게
구석구석 몸 안에 퍼져있는 불씨에 불을 댕기면
그녀의 험준한 계곡에선
쏟아지는 폭포수 소리가 들린다.
분명 이 세상을 처음 나올 때의 울음소리보다
더욱 격렬하고, 더욱 원시적인,
기쁨과 슬픔이 분화되기 전의 울음을
천지간에 쏟아놓는 여자.

세상엔 그런 여자도 있다.
세상엔 그런 풀꽃 같은 여자도 있다.

🌸어떤 청혼

내 비록 어찌 어찌하여

여기 전방부대 근처까지 흘러 들어왔지만

오늘 만난 이 남자의 음모처럼

아름다운 숲은 처음 보았네.

그동안 나를 스쳐간 사내가 몇몇이던가?

이루다 헤아릴 수조차 없지만

지나치게 무성하지도 않고, 성기지도 않고,

지나치게 거칠지도 않아

靜과 動이 한 몸 안에 숨쉬는

숲의 왕국을 이루었네.

잠시나마 바라만보아도 이 황홀함을 어쩌랴.

숏타임을 요구하는 손님으로 맞이해야 하는 나는,

나의 직업을 잊은 채 이 남자에게

결혼해 달라고 말해 버렸네.

이 얼마나 어처구니없는 실언인가.

이 얼마나 소박한 소망인가.

놀란 눈으로 태연한 척하며

거절도 승낙도 유예하며 미소를 짓는 이 남자의

숲 속에 사는 주인님도 착하디착한 꿈을 꾸고 있는 듯

내 눈엔 분명 나의 고향임에 틀림없네.

중독

내 몸에서는 그녀의 냄새가 난다.
일주일 내내 내 곁에 그녀가 없어도
내 몸에선 그녀 냄새가 난다.
나를 졸래졸래 따라다니는 그녀의 분신을
따돌리려 해도 번번이 실패하고 마는 나.
내 몸에서는 그녀의 냄새가 난다.

남자의 기(氣)로 사는 여자

며칠 굶주린 그녀는
얼굴빛이 파리하다.
파리하다기보다는 생기가 없다.
그럴 때마다 그녀는
호소하듯이 눈빛으로 말을 한다.
자신의 승용차에 주유(注油)하듯
자신의 몸 안 깊숙이
나의 생기를 불어 넣어달라고.
그럴 때마다 나는,
그녀를 위해 체위를 바꿔가며 용을 쓴다.
그 증거가 바로 달라지는 그녀의 얼굴이다.
한동안 그녀의 얼굴에선
따뜻한 피가 돌 것이다.
더불어 윤기가 나는 그녀의 얼굴이
참 예뻐 보인다.
그렇게 그녀는 나의 기를
야금야금 약탈해 갔다.
도난당하고도 밉지 않은 여자,
그녀는 나의 기를 먹고 산다.

🌺바디 랭귀지

어떻게 그런 일이 가능했을까?
이성적으로는 불가능한 일!
그녀와 나는 서로의 사타구니에 얼굴을 묻고
그야말로 핥고 빨고 낼름거리며
마른 장작에 휘발유를 뿌리고 불을 지폈지.
빠른 속도로 불꽃이 일면서
우리는 분명한 말(馬)이 되기도, 돼지(豚)가 되기도,
개(狗)가 되기도 하면서
그 거센 불길 속으로 몸을 던졌지.
쩍쩍 갈라지며 타는 장작처럼
우리의 알몸은 火魔에 휩싸이며 순식간에 까무라쳤지.
얼마만인가 겨우 숯이 되어서야
침대 위에 널브러진 서로의 알몸을 응시하면서
이 우주를 존재 가능케 하는 근원적인
그 무엇에 대해 생각했었지.
숲 속으로 숨듯이 쪼그라든 그것을 물끄러미 바라보던
그녀는 다시 검은 숯덩이 속으로 숨어든
태양의 불씨를 살려내기 위해
입으로 솔솔 바람을 불어 넣었지.

22

그녀는 그 숯마저 다 태워버려야

새로운 영혼과 몸으로 다시 태어날 수 있다고 믿었기에

숯이 재가 되어 날아갈 때까지 바싹

내 곁에 붙어있었지.

그녀의 몸은 늘 그렇게 내 몸을 원했고,

내 몸은 그녀의 몸을 만나야

비로소 말문을 열기 시작했고

그녀의 몸이 하는 말을 해독하며 순종했었지.

🌺오늘도 그녀는 샤워중이다

북한의 핵문제가 파국으로 치닫고 있다고
아침신문들이 바짝 긴장하고 있을 때
나는 이미 그녀의 자장(磁場) 안으로 빨려 들어가고 있었다.
그녀는 세상이야 어찌 돌아가든 상관없이
늘 탄력 있는 몸매를 유지하기 위해
오늘도 샤워중이다.
향긋한 비누거품이 흘러내리는
그녀의 알몸 뒤로 가서 익숙해진 손놀림으로
풍만한 젖가슴을 애무하는 사이
그녀의 항문 밑으로 곧고 길게 힘이 들어간 그것으로써
나는 그녀의 몸과 그녀의 세계를 읽기 시작했다.
내가 그렇게 비누거품을 온몸에 바르며
독서에 열중하는 동안은,
바깥세상 어딘가에
핵폭탄이 터져도 알 바는 아니었으리라.
다만, 샤워중에 그녀를 내가 자연스레 덮쳤듯이
그녀가 나를 유인하여 먹히는 듯 나를 잡아먹어 버렸듯이
오늘만은 함박눈이라도 펑펑 쏟아져

그 놈의 핵폭탄을 덮어 버렸으면,

그 놈의 핵을 두고 무성한 말들을 다 녹여 버렸으면……

❀크리스마스 이브

어인 일인가?
오늘은 유별나게 도로가 막히고
지하철조차 돼지 창자로 만든 순대 속이 떠올려질 만큼
미어 터진다.
알고 보니 오늘은 크리스미스 이브.
다들 신촌으로, 신천으로, 영등포로,
강남으로, 대학로로 몰려가
술 마시고, 노래 부르고, 춤을 추다가,
눈이 맞는 자들은 여관으로, 모텔로,
비좁지만 탄력 있는 자신들의 승용차 안으로 기어들어간다.
이날 밤, 자지러지던 이무기들의 즐거운 비명이
현란한 네온사인 불빛 속으로
꿈틀거리며 기어 나와 발에 밟히지만
예수 그리스도의 근심 어린 얼굴은
어디에서도 보이질 않는다.
이날 밤, 여성들의 사타구니 밑으로 사정(射精)했던
남성들의 고단백질을 칼로리로 환산한다면
과연 얼마나 되며,
그 에너지로 빌딩을 세우듯

이 땅에 평화를 세운다면 어찌 될까?
크리스마스 이브에 정작 우리 곁에 계셔야 할
예수 그리스도는 어딜 가시고,
질척거리는 죄인들의 욕망만이
골목골목에서 성(城)을 쌓는구나.

눈으로 말해요

짓밟아 주세요.
짓밟아 주세요.
이 편안함과 안락함보다 고통이 더 짜릿한
내 몸 안의 푸른 생명의 바다로 하여금
고개를 들게 해줘요.
제발, 내 안의 나를 일으켜 주세요.
인정사정없이 나를 짓밟아 줌으로써
내 안의 나를 깨워 주세요.
이 혹한을 거뜬히 이겨내는 보리싹처럼
나를 짓밟아 주세요.
나를 짓밟아 주세요.

밀감을 먹으며

맛이 없는 밀감은 유별나게 크거나
껍질이 두껍고 잘 벗겨지지도 않는다.
그렇게 크지도 작지도 않으면서
껍질은 얇고 고분고분 잘도 벗겨지는 것이,
시지도 않고 달콤하니
나를 유혹하기에 충분하다.
이런저런 밀감 속에서
내가 원하는 것을 고르는 작은 일에서도
그동안 얼마나 많은 시행착오를 겪어야 했던가.
따지고 보면, 그 덕에
이제는 바라만 보아도,
그저 손끝만 닿아도 알아차릴 수 있게 되었지만
껍질을 벗겨 입 안 가득 넣을 때마다
나는 늘 나의 여인들을 떠올리며
조물주의 세심한 배려를 눈치 채게 된다.

🌸비아그라와 J교수

막 정년퇴임한 J교수에겐
요즈음 특별한 낙(樂)이 있다.
가끔 나와 술을 마시고 취하면
어디론가 말도 없이 사라져 버리는 그는,
성남의 모란시장 뒷골목으로 가서
3만원에 약간의 팁을 올려 주면서
자신이 원하는 체위(體位)를 요구하는 특권을 누리고 산다.
그런데 얼마 전부터 그에게 새로운 고민거리가 하나 생겼으니
그것은 몇 년 동안이나 3만원이면 해결되던 것이
어느 날 갑자기 5만원으로 올랐다는 사실이다.
실업자로서 더 이상 팁을 줄 수는 없어
자기 맘대로 체위를 요구할 수 있는
특권을 박탈당했기 때문이다.
우울해진 J교수는 비아그라가 처음 자기 손에 쥐어지는 날
큰마음을 먹고 서울의 미아리로 진출을 했더랬는데,
맘에 드는 집에 당도해서는 몰래 한 알을 꿀꺽 삼키고서
곧 자신의 몸 내부에서 큰 변화가 일어나리라는
확신을 갖고 기다려 보았지만
엉거주춤 그 일을 다 끝내고 그 집을 빠져 나올 때까지도

아무런 반응이 없더란 것이다.

속았다싶어 은근히 화가 났지만 별 수 없어

버스를 타고 집에 도착하여 마누라 앞에 서니까

그 때서야 그 놈의 것이 잔뜩 화를 내고 있어

혼줄이 났다는 사실을 공개할거나 말거나.

존경하는 J교수님, 요즈음 날씨가 무척이나 차가운데

무릎 관절염은 어떻게 차도가 있으신지요?

또, 아프다던 허리는 괜찮으신지요?

❀때로는

때로는 질겅질겅 껌을 소리 내어 씹는
품위 없는 여자가 더 매혹적이다.

때로는 붉은 립스틱을 짙게 바르고 다니는
맵시 없는 여자가 더 매혹적이다.

때로는 터무니없이 몸집이 크거나 작아서
거들떠보지도 않는 그런 여자가 더 매혹적이다.

때로는 세상물정 모르는
단순하기 짝이 없는 그런 여자가 더 매혹적이다.

몸에 지닌, 혹은 걸친
품위도 맵시도 박식함도 다 무거운 위선이거든.

속눈썹이 긴 여자

속눈썹이 긴 여자를 울리지 마라.
십중팔구 그녀는 눈물이 많고
마음은 한없이 여리다.
그 눈물과 그 마음의 밭으로 뿌리를 내리고 있는
긴 속눈썹은 그대 사랑을 먹고 자란다.
속눈썹이 긴 여자를 울리지 마라.
온실 속의 백합 같은
속눈썹이 긴 그녀를 울리지 마라.

제2부
늘 서있는 남자

귀두(龜頭)를 단련시키는 남자

이른 아침 목욕탕 한쪽 귀퉁이
작은 거울 앞에 홀로 앉아서
자신의 귀두를 열심히 소금으로 문지르는 남자가 있다.
그곳에 상처가 생기고
다시 아물면서 아주 딱딱해지라고.
아랍권의 사내들이
사막의 뜨거운 모래로 그렇게 문지른다나 어쩐다나?
딱딱해진 그것을 어디에다 쓰는지 알 수야 없지만
그는 요즈음 통 보이질 않는다.
그이 대신 귀두보다 더 큰
울퉁불퉁한 링을 끼운 사내들이 부쩍 늘었을 뿐이다,
내가 다니는 서울 어느 대중 목욕탕엔.

❀늘 서있는 남자

40대 후반이나 50대 초쯤이 되었을까?
그는 목욕탕에서 마주칠 때마다
완벽하게 발기된 고추를 세우고서 왔다 갔다 한다.
그런 희한한 모습을 볼 때마다 사실은
민망스럽기도 했지만
'어떻게 하면 늘 서있을까' 살짝 물어보고도 싶었다.
어느 날 그가 목욕탕에서 먼저 나가고
두세 명이 소근거리는데 그 소리를 가만히 엿듣자니
교통사고를 당하고서부터 발기 자체가 되질 않아
아예 고추를 발기된 상태로 만들어 놓았다는 것이다.
그러면 그렇지.
어떻게 늘 서있을 수 있는가.
피곤하게스리.
민망하게스리.

🌸 내가 좋아하는 여인 ·1

이리 뜯어보고 저리 뜯어보아도
역시 다부진 데가 많은 그녀는
아침 이슬에 젖어 있는 장미꽃 같다.
그 싱그러움의 등에 올라타고서
나는 어린애마냥
그녀의 알몸에 온갖 낙서를 즐기며
색연필로 그녀의 봉우리까지 울긋불긋 덧칠해 놓는다.
하지만 그녀는 나를 만날 때면
언제나 백지처럼 아니, 어쩌면
아직 아무도 밟지 않은 설원(雪原)처럼 말끔해져 있다.
그래서 그녀는 늘 싱그럽고, 늘 새롭고,
신비롭기까지 하다.
그래서 나는 그녀를 통해서
늘 새로운 여자들을 만나는 긴장 속에 산다.
아침 이슬에 젖어 있는 장미꽃 같은
싱그러운 그 여인을 통해서.

🌸내가 좋아하는 여자 · 2

입 안에 넣자마자 살살 녹아 버리는
부드럽고 달콤하기 짝이 없는 사탕보다
단단하여 오래오래 입안에서 혀로 굴리며
녹여 먹는 사탕을 나는 즐긴다.
부드러운 것은,
쉬이 녹아 버려 금새 입안이 허전해지지만
단단한 것은,
서서히 녹으면서 오래오래 혀를 즐겁게 하지 않는가.
물론, 단단한 것조차 어금니로 부수어
쉽게 녹여 버릴 수도 있지만
그래도 곰곰이 생각하듯 혀로 굴리며
오래오래 녹여 먹는 게 진짜 맛이다.
어디 사탕뿐이겠는가.
입 밖으로 내뱉는 너의 말과 나의 말이 그렇고,
그 말들 가운데 가장 진실하고 가장 아름다운 것들로 짜인다는
우리의 詩도 또한 그렇듯이 사람과 사람이 그러함을.
스스로 녹아 버리는 여인보다
오래오래 녹여 먹는 사탕 같은 詩를 좋아하고
그런 詩 같은 여자를 좋아한다, 나는.

🌼내가 좋아하는 여인 ·3

속이 부석부석하면서 겉만 요란스러운 것보다는
겉은 좀 부실해 보여도 속이 다부져야 하지 않나?
그래도 내가 너에게 번번이 매달리고 미치는 것이,
너의 그 속 고밀도의 핵이 분열하듯
내게 퍼부어대는 너의 뜨거운 소나기에
머리끝부터 발끝까지 말끔히 샤워하듯
씻기기 때문이고,
그 때마다 내가 다시 태어나기 때문이 아닌가.

🌸내가 좋아하는 여인 · 4

굵고 긴 바나나를 입에 물고 있는 여자.
그 여자 뒤로는 늘 짙푸른 바다가 꿈틀거린다.
최초의 생명이 나와 진화하고 번성하였지만
때가 되면 되돌아가야 하는 고향 같은 바다,
그런 바다를 품고 있는 여자를 참 좋아한다, 나는.

🌸 내게 행운이

일요일에서 목요일까지

침대 위의 섹스파트너를 바꿀 수 있는 행운이 찾아왔다.

아마도 그 주엔 서울 여성들의 성욕을 자극하는

하늘의 기운과 땅의 요기가 잠입했나 보다.

다행스러운 것은, 나의 착하디착한 여인들이

서로 겹치지 않게 전화를 걸어오거나

문자나 음성 메시지를 남겼다는 사실.

그런데 어쩌면 그리 각양각색일까?

체취도 다르고, 피부감촉도 다르고,

이쁘고 미운 구석 구석까지 모두 달랐다.

이 얼마나 신비로운 조화인가.

그 때로부터 나는 여인 보기를 한강변에 널린

풀꽃을 보는 듯이 했다.

별의별 빛깔, 별의별 향기, 별의별 생김새를

눈이 빠지게 들여다보노라면

풀꽃처럼 아름답고 평화로운 세상도 없다.

풀꽃처럼 고요하고 깊은 세상도 없다.

술이 비아그라인 남자

착해 터져서, 아니 정확히 말해 무능력해서
퇴근시간만 되면 곧장 집으로 돌아오는 나를
아내는 별로 좋아하지 않는 것 같다.
어느 날 친구들과 술을 마시고
거나하게 취해서 귀가하던 날,
정말이지, 섹시해 보이는 아내와 모처럼만에
형이하학적인 몸부림을 다 쳤다.
그런 일이 있고난 후 아내의 얼굴빛에는
나로 하여금 술 마시고 돌아오기를 기대하는
눈치가 역력하고, 풀풀
입에서 풍기는 술내까지도 향기롭게 받아들였다.
그래서 나는 술을 마시고 귀가하는 날이 잦아졌고,
그런 날엔 으레 거칠고 거친 섹스를 통해서
아내의 잠자는 원초적 본능을 일깨울 뿐 아니라
나의 체지방을 줄이는 일에 열중이었다.
술이 비아그라인 나는,
과연 천생연분과 함께 사는가.

길거리 모텔은 성업 중

여행 중에 하룻밤을 묵으러 밤늦게 들어가면
미소를 지으며 방을 내어주지만
-그것도 너무 늦으면 빈방 자체가 없지만-
낮에 가거나 조금만 일찍 들어가도
방이 없다는 모텔.
설령, 빈방이 있어도 내어주지 않는 것은
낮에만 잠깐 사랑이 가능한
대한민국의 그 많은 사람들을 위함이지.
그러나 걱정하지 말게나.
그리고 놀라지도 말게나.
내가 어느 부인과 함께 왔듯이
어느 놈팡이 놈이 나의 아내를 모시고 다닐 테니까.

🌼비 오는 날

추적추적 간밤에 내리던 비는
아침까지 계속해서 내린다.
우산을 쓴 출근길 사람들로 붐비던 버스 정류장도
어느새 한산해졌다.
비록, 아스팔트와 아파트로 뒤덮인 곳이지만
그래도 젖을 것은 이미 다 젖어 있고,
그 많던 사람들도 제각각 일터로 다들 빠져 나갔다.
아파트 18층 베란다에서 내려다보이는
텅 빈 세상이 갑자기 내게로 밀려온다.
지금 막 누군가가 내 집의 초인종을 눌러 주었으면……
가능하면 젊고 싱싱한 영혼을 지닌 사내가
팬티만 걸친 나의 공허를 마음껏 즐기다가
내가 '그만, 그만'이라고 말할 때
자신의 옷가지를 주섬주섬 챙겨 입고
점잖게 소리 없이 사라져 주었으면……
카펜올이 온몸을 휘감으며
나를 마구 마구 흔들어댄다.
출근해서 가장 바쁜 오전 9시에서 10시 사이
사는 곳이 다른 네 명의 여인들로부터

빛깔이 다른 음성으로 전화가 걸려온다.
다들 '지금 밖에 비가 오느냐'고 묻는다.

별식

요즈음엔 점심 한 그릇을 먹기 위해,
혹은 저녁식사를 오붓이 즐기기 위해
차로 한 시간이고 두 시간이고 가는 것을 보통으로 안다.
매일 먹는 밥이 아닌,
아직 먹어보지 못했거나 자주 먹기 힘든,
귀한 것이거나 각별한 맛을 내는 먹거리를 즐기기 위해
사람들은 기꺼이 많은 시간과 돈을 쓴다.
이른바, 주식이 아니라 별식을 즐기는 대가다.
여유 있는 그들을 보면,
아프리카에 가서 탄력 있는 흑마(黑馬)를 탔다느니,
유럽이나 러시아에 가서 덩치 큰 백마(白馬)를 탔다느니
자랑스레 말하는 이웃사람들의 혀를 이해할 만하다.
'가지 않은 길'을 거닐며 만끽하는
인생의 별미인 것을.
그런데, 왜 사람들은
즐길 것을 다 즐기면서 왜 부정하려 하는가.

✿이별섹스

나는 네가 싫어졌어.

나는 네가 싫어졌어.

내겐 내가 가야할 길이 있고,

너에겐 네가 가야할 길이 있잖아.

이쯤에서 우리 헤어지는 게 서로 좋아.

이쯤에서 우리 헤어지는 게 정말 좋아.

그렇다고 네 몸조차 싫어진 건 아니야.

그렇다고 내 몸조차 싫어진 건 아니겠지.

내 몸은 여전히 너를 그리워해.

네 몸도 여전히 나를 잊을 수는 없을 거야.

그건 네가 더 잘 알잖아.

그건 네가 더 잘 알잖아.

헤어지기 전에 한번만 안아줘.

헤어지기 전에 한번만 죽여줘.

예전처럼 우리, 예전처럼 우리.

❀다 내 탓

아랫배에 약간의 힘을 주고도
누워있는 상태에서 벌떡벌떡 일어나던 나인데
갑자기 허리가 아파 가까스로 일어나는 상황.
이 날 아내는 아파트 단지 내 부녀회 회원 몇 사람과
술을 마시고 늦게 들어와 심각해져 있는 나에게
"허리가 아플 때엔 잠자리를 같이해야 하지 않느냐"며
은근히 눈치를 본다.
이것이 다 내 탓.
예전에 아내에게 내가 그랬었지요.
그 뒤로 아내는 한동안 허리 아프다는 소리를
잊고 살았거든요.

❀어쩔 수 없는 40대 중반

과음이 잦아지던 어느 날 아침,
화장실 거울 앞에서 문득 어제의 얼굴이 아닌
자신을 들여다보면서 고개를 갸우뚱거린다.
자신도 모르게,
식사량이 줄고, 걸음걸이가 둔해지고,
온몸의 탄력이 사라져가며 몸이 무거워지는 사실을
애써 부정하면서 아직은 젊다고 최면을 걸 듯 되뇌어보지만
낯모르는 사람들에게는 어김없이 '아저씨'로 불리는
모호한 40대!
혹, 지하철이나 버스 안에서 자식 같은 젊은이로부터
자리를 양보 받으면 멋쩍어지는 얼굴.

🌸 자유부부

그저 먹고 살기 위해서
혹은 직장생활을 통한 각자의 인생을 위해서
서로 멀리 떨어져 살다가
주말에나 한번 만나는 '주말부부' 라.
혹, 서로에게 싫증이라도 난 부부라면
그렇게라도 서로에 대한 신선도를 유지하는 것도
좋은 방법이라 생각했었다.
어디까지나 남의 이야기이니까.

그런데 요즈음엔 일 년에 한번쯤 만나는
'기러기 아빠' '기러기 엄마'도 적지 않다.
다들 이런저런 이유로 자식들을 조기에 유학을 보내면서
아내까지 딸려 보내고, 남편은 한국에서
돈이나 열심히 벌어서 송금해주면 되는 부부다.
시작은 그렇게 했으나 영영 헤어져 만나지 못하는 경우도 있고,
처음부터 그런 계산을 깔고서 기러기 부부가 된 사람도 있다.
그것도 이혼을 피해 사는 좋은 방법이겠지 생각했었다.
어디까지나 남의 이야기이니까.

그러나 살면 얼마나 산다고 부부가 떨어져서,

가족이 흩어져서 사는가.

나는 게을러서도, 능력이 없어서도, 그렇게는 못 살지만

이것이 다 국제화 사회에 적응하기 위한

성급한, 혹은 욕심 많은, 혹은 능력 있는,

사람들의 처세술인가.

앞으로는 서로 간섭하지 않고,

생각날 때만 서로 만나는 편리한 부부관계도 나올 법하다.

최첨단을 달리는, 앞서가는 부부관계로

그런 관계를 유지하는 부부를 '자유부부' 라 하자.

우리의 최종 목표인 '자유부부' 라 하자.

❀ 말이 많아지는 50대 남자

어느 날 목욕탕에서
노인 양반의 빛바랜, 성긴 음모를 훔쳐보며
문득 자신의 것을 내려다본다.
설마 하던 그 흰털이 한 가닥 눈에 띄는 순간,
'앗' 하고 외마디 소리를 내질러보지만
속으론 이미 기가 꺾이고 마는 것을 어쩌랴.
그 검은 숲이 성기어가면서 힘없이 탈색되어가는 게
눈에 띄기 시작하는 50대 남자들에게
유독 말이 많아지는 이유를 알 듯도 하다.

제3부

좀처럼 흥분하지 않는여자

꼬리가 긴 여자

그 여자는 유난히 몸집이 작으면서
아주 긴 꼬리를 달고 다닌다.
그 여자가 꼬리를 치며 내 앞에 나타날 때에는
늘 허허벌판에 부는 매서운 바람을 부려 놓는다.
나는 그 바람소리를 들으면서 눈 덮인
허허벌판을 굶주린 들개처럼 쏘다니곤 한다.
어쩌면, 그 여자의 계산된 의도인지는 모르겠으나
나는 그 긴 꼬리에 번번이 감전되어
까무라치곤 한다.

✿좀처럼 흥분하지 않는 여자

뱀눈을 가진, 아주 특별한 여자가 있지.
눈빛이 맑지 않은 그녀는 좀처럼 흥분하지 않는다.
그렇다고 신체상의 문제가 있는 건 아니야.
그렇다고 심성이 나쁜 여자도 아니야.
보통의 여자들 같으면
이미 오르가즘의 능선을 내려오는 길일 터인데
그 여자는 오르는 듯 마는 듯
좀처럼 흥분할 줄을 모른다.
그래, 그 여자를 흥분시키는 일에 번번이 실패했지.
정말, 남자 체면이 말이 아니었지.
하지만 얼마 가지 않아서 나도 모르게 비법이 터득되었어.
분명, 성감대를 잘못 찾은 것은 아니었고,
알고 보니 바로 시간 문제였더라고.
시간을 조금만 더 끌기만 하면 그 여자는
어느 순간 완전히 달아오르지.
비로소 시뻘겋게 달구어진 부지깽이 같은 여자가 되는 거야.
그 여자를 통해서, 시간을 정복해야
여자를 여자로 만들 수 있다는 사실을 깨달았지.
남자의 흥분 제어력과 인내심을 상당히 요구하는

아주 특별한 여자도 있지.
전신에 땀범벅이 된 우리는 영락없이
손에 쥐어진 미꾸라지 두 마리였어.

🌸남편의 애틋한 사랑

첫 번째 부인에 대한 미운 감정 탓일까.

두 번째 아내와는 그야말로 알콩달콩 살면서

그는 거의 매일을 아내와 함께 술을 마신다.

가끔은 취해서 안방의 침대로 돌아오는데

그는 아내에게 "임자뿐이야, 임자뿐이야." 하면서

고양이처럼 얼굴을 부비고, 어루만지고, 쓰다듬으면서

그녀의 옷을 다 벗겨 놓는다.

그리고는 자기도 몰래 곯아떨어지곤 한다.

다음 날 아침, 그는 아내에게

"어제 괜찮았어? 어제 괜찮았어?"

마치 확답이라도 들으려는 듯 물으며,

어린애처럼 아내의 꽁무니를 졸래졸래 따라다닌다.

🌸 마누라 바꾸기

세상사는 일이 무료해졌을 때에,
이미 마누라가 징그러워졌을 때에
서로 미워하지 말고 배려하는 마음으로
똑같은 맘을 가진 이와 잠시 마누라를 바꾸어 보세요.
보통은 남의 떡이 더 커 보이므로
마누라보다 부족한 게 많은 여자 앞에서도
새로운 힘이 솟구칠 거예요.
세상사는 일이 정말로 무료해졌을 때에,
이미 남편이 더러운 악마처럼 보일 때에
서로 미워하지 말고 배려하는 마음으로
똑같은 맘을 가진 이와 잠시 남편을 바꾸어 보세요.
남편보다 부족한 게 많은 남자도
남편이 갖지 못한 것을 가지고 있기에
무서운 힘이 샘솟을 거예요.
내가 이렇게 말하면 '나쁜 놈'이라고
흥분하는 사람들이 참 많지.
드러낼 수 없는 의중(意中)의 과녁에 적중했기 때문이지.

✿ 정치와 섹스

정치와 섹스는 한 통속이다.

여러 사람을 상대로 거짓말을 해도 그럴 듯하게 해야 통하는

정치와 섹스는 단순하지만

남자들을 현혹시키는 힘이 있다.

정치와 섹스는 한 통속이다.

기분이 째지게 오르가즘에 올랐다가도 꺼지면 그만이듯

돌아누우면 어제의 동지도 오늘은 적이 된다.

정치와 섹스는 한 통속이다.

한 여자를 다루는 데에도

정치적 판단과 제스추어가 필요하듯

많은 사람들을 기만하는 데에도

한 여인을 다루듯 충분한 배려가 있어야 한다.

정치와 섹스는 한 통속이다.

당신은 천사 나는 죄인

대학로 어느 구석, 붐비는 음식점에서
처음 마주친 순간, 아니 서로 다른 식탁에서 점심을 먹으며
잠깐 너를 훔쳐 볼 수 있는 사이에
나는 너를 먹고 싶었다.
야금야금 먹고 싶었다.
아니, 내가 너에게 먹히고 싶었다.
분명, 내가 너에게 먹히고 싶었다.
그 순간부터 나는 너의 노예가 되고 싶었고,
나는 너의 순종하는 종이 되고 싶었다.
아니, 나는 그렇게 너를 영원히 갖고 싶었다.
분명, 나는 그렇게 너의 온전한 것이 되고 싶었다.

함께 발가벗고 살 수 있는 이유

목욕탕에서는 알몸으로 다녀도
그 누구도 부끄러워하지 않는다.
그 가운데 누구라도 거리로 뛰쳐나간다면
사람들은 경악을 금치 못할 것이다.
그런데 이상하게도 목욕탕 안에서만은
다 벗고 별짓을 다 해도 부끄럽지가 않다.
왜 그럴까?
알몸으로 있어야 하는 조건과
그 알몸 자체가 누구나 똑같기 때문일 것일까?
그렇다면 이 목욕탕을 전국으로, 전 세계로 확대하여
하나의 목욕탕을 만든다면
모든 사람이 마음 놓고서 다 벗고 살 수도 있을 것이다.
이 하나뿐인 목욕탕에서는 머리를 감고 몸을 씻을 뿐 아니라
사람으로서 모든 일을 다 할 수 있을 것이다.

누가 뭐래도

점점 그리고 알게 모르게
인간은 합법적 동물이 되어간다.
이것이 발전이고 성숙이다.

결국 산다는 것은 그런 것 아닌가
-병상에 누운 나를 위하여

이제 사방에서 삐거덕거리는
육신의 수레를 끌며
나 홀로 언덕길을 오르는 당신이란 주인이,

이제 바람 든 무우 속 같은
영혼의 수레를 끌며 나 홀로
끝없는 오르막길을 오르는 당신이란 주인이

풀풀 먼지 이는 길 위로 구슬땀을 쏟는다.

그렇게 갈 수 있는 곳까지 함께 끌고 가는 것이,
그렇게 갈 수 있는 곳까지 함께 지고 가는 것이
우리 사이의 운명.
그 운명이 부리는 내 삶의 깃발이어라.

인형 같은 여자

남자에게 여자는 한사코 인형 같은 존재.
얼마나 깜찍하고 예쁘던가.
얼마나 귀엽고 포근하던가.
그리하여 비싼 대가를 지불하고서
안방에 모셔다 놓지만
세월이 흐를수록 때가 타고 빛은 바래
급기야는 실증까지 나게 마련.
그 때쯤 바람을 쐬려 길거리를 나서면
아주 새로운 스타일의 인형들이 얼마나 많으며,
얼마나 그들은 집요하게 나를 유혹하는가.
그럴 때마다 옛 인형을 버리고
새 인형을 머리맡에 놓고 싶어지는
이 간사한 마음.
여자들이여, 남자의 인형이 되지 말라.
남자들이여, 그대가 인형을 한 번 버릴 때
그대의 여자는 두 번 세 번 버리면서도
결코 속내를 드러내지 않나니
여자의 인형이 되지 말라.

작은 연못

나는 나이를 먹을수록 물을 많이 마신다.
요즈음에도 하루에 어림잡아 1.5리터는 족히 마신다.
이 말 많고 탈 많은 시대를 살아남기 위해
온갖 더럽고 추잡한 것을 많이도 먹어 치웠기에
그걸 좀 씻어 낼 수 없을까해서다.
좀 우스꽝스러운 일이겠지만
나는 물 마시는 일이 편하고 이미 익숙해져 있다.
물을 마시면 우선 몸 안에 불기둥이 사그라들면서
온갖 탐심도 줄어들고 밤새도록 혼자 앉아있을 수도 있다.
그렇게 내가 일평생 마셨던 물을 다 토해 놓으면
아마도 작은 연못 하나쯤은 될 것이다.
그 연못에 피어날 수련이
조만간에 내 몸에서 먼저 꽃을 피울 것 같다.
나는 이미 물이므로, 나는 이미 작은 연못이므로.

장미꽃 봉우리

이른 아침 산책길에
우연히 마주친 네 눈길에 포획되는 순간,
내 가슴은 두근거리고
내 몰골은 한없이 초라해져
고개를 돌리고 마네.

활짝 피어난 꽃보다야 요염하진 않지만
그 절정의 한 순간을 향해
한 걸음 한 걸음 옮겨 놓는 네 진지함과
아직 때 묻지 아니한 순결함이란
그 싱싱함으로, 그 깨끗한 희망으로
나는 눈이 부셔 너를 바로 볼 수 없네.
바로 볼 수 없네.

유난히 키가 큰 여인

너의 눈빛, 너의 이마, 너의 콧잔등을 떠올리거나
너의 긴 목을 빠져 나오는 목소릴 들으면
너의 슬픔이 내 몸 안으로 맑게 고여 온다.

스스로를 주장하지 않고,
스스로를 욕심내지 않고
늘 자신을 나누어 주는, 눈이 크고 키가 큰 여인,
너무나 순박하고 착해 터졌기에
그런 네 앞에서는 나의 더러움도, 치사함도,
무식함도 다 녹아버리는 듯하다.

그런 일이 있고나서부터
너를 떠올리거나 너의 목소리를 들으면
너의 슬픔이 내 몸 안으로 투명하게 차오른다.

그렇게 너는 나를 훔쳐가고
그렇게 너는 세상을 지배하는구나.

여자 같은 풀꽃

지천에 널려 있으나 눈에 띄지 않는다 해서
그저 풀꽃이라 했던가.
아무리 보잘 것 없고 하찮은 꽃일지라도
좀더 가까이에 가서
그 깊은 속을 들여다보라.
결코, 보잘 것 없는 것도 하찮은 것도 아닌 것이,
그만의 향기에, 그만의 생김새에,
그만의 빛깔에 농익은 하나의 완벽한 세계인 것이,
버릴 것 하나 없는
꽉 찬 세상인 것이
오늘 아침, 내 마음을 온통 흔들어 놓네.

🌸 사랑과 외설

사람들은 꼭 사랑과 외설을 구분하려 한단 말이야.
사람들은 사랑은 아름답고, 외설은 추하다는,
단순한 이분법적 사고를 즐긴단 말이야.
잘 구분되지 않는 것을 구분하려 하고,
잘 깨어지지 않는 것을 깨려하는 것이
진짜 사랑이자 외설인데,
사람들은 억지로 그들의 경계선을 그으려 한단 말이야.
사랑이든 외설이든 인간이란 동물의
욕구 표현양식이자 그 자체일 뿐인데,
그래, 아름다움이 추함이고 추함이 곧 아름다움이며
그것이 그것일 뿐인데.
사람들은 꼭 자기 기준에서 그들의 경계선을
그으려 한단 말이야.
사람들은 꼭 그렇게 사랑 속에서 외설을 즐기고,
외설 속에서 사랑을 즐긴단 말이야.

적어도 나의 8할은

어느 시인은
자신의 7할을 바람이 키웠노라고
보다 시적으로 고백했지만
나는 아니네.
나는 아니네.
적어도 나의 8할은
이 땅의 여자가 키워 주었네.
저마다의 향기로
저마다의 빛깔로
저마다의 생김새로
목숨껏 살아가는
이 땅의 풀꽃 같은 여자들이
나의 8할을 키워 주었네.
눈물을 함께 흘렸어도 얼마나 흘렸으며
체온을 함께 나누었어도 얼마나 나누었던가.

✿금수산

어이하리.
어이하리.
부풀어 오른 젖가슴을 다 드러낸 채 누워
높푸른 하늘을
안방의 천정 삼아 바라보지만

그렇게 한 시대를 기다리고
그렇게 사내다운 사내를 기다렸어도
그 기운 잠재우지 못했으니
어이하리.
어이하리.

하지만 너무 섭섭해 하지 마소.
섭섭타 하지 마소.
그대 맘에야 차지 않겠지만
그래도 시인 군수놈 만나
사시사철 꼿꼿한 남근석을 내주지 않았소.

비록,

수를 놓은 비단결처럼 부드럽고 아름다운
너의 빼어난 미모에
유별나게 드센
너의 타고난 기운이,
사방 팔방에서 사람들을 불러들인다지만

너를 찾아 오는 이들이 다
이 땅에 정을 부치고 살을 맞대고 살아가는
착하디 착한 사람들인 줄 알고
그들에게 생기 가득 불어 넣어 주소서.
그들에게 복락 넘치도록 부어 주소서.

🌼금수산의 두부전골집 여주인

금수산 자락에 가면 음식솜씨가 좋다는 식당이 있는데,
내가 그 집을 처음 들렀을 때, 두부전골과 동동주를 시켜
동행한 문사 넷이서 나누어 먹고는 후식을 좀 내 놓으라 했
더니
옛날의 무등산 수박이나 지금의 고창 수박만큼 크고 단
수박 한 통을 통째로 내 놓으면서 척척 썰어 주는 여주인이
있었다.
50대 초반쯤 되어 보이는
그녀의 얼굴과 손마디엔 세파에 시달린 흔적이 역력했지만
그녀의 카랑카랑한 목소리는 예사롭지가 않았다.
몸매나 걸음걸이 또한 그렇게 맵시있어 보이진 않았지만
그래도 몸 안 어딘가에 숨기고 있는,
똘똘 뭉쳐진 기운이 남아 있는 듯했으니……
우리는 그녀를 두고 지나가는 소리로 필시 이 집에서 음식
장사를
오래오래 할 사람은 아닌 것 같다며 그 집을 나왔었는데……
그로부터 한 철을 넘기고 늦가을 어느 날 다시 그 집을 찾
았는데

마당을 들어서는 순간의 느낌이 예전과는 전혀 다르지 않는가.

아닌 게 아니라, 그녀는 간 곳이 없고 순하디 순한 여인이

새 주인이 되어 두부전골과 동동주를 내 놓질 않는가.

이쯤되면, 음기가 드센 나머지 그의 치맛자락에 붙어사는 이들 가운데

몇몇은 이미 병신이 되었거나 죽어 나갔다는 -그것도 남자들만-

소문이 파다한 금수산의 기(氣)를 의심해야 하나.

어쩌면, 쓸만해 누군가가 채갔을지도 모르는 그녀도

그 집의 문을 처음 열었을 땐 지금의 여주인처럼

손님의 얼굴조차 바로 쳐다보지 못하는, 순하디 순한

여인이었는지도 모르는 일 아닌가.

✿당신은 바람둥이

나는 강원도 원주에 가면 감자술을 마시고
강릉에 가면 옥수수 동동주를 마신다.

그렇듯 경상도 경주에 가면 국화주를 마시고
안동에 가면 짜릿한 소주를 마신다.

그렇듯 전라도 고창에 가면 복분자주를 마시고
완도에 가면 홍주를 마신다.

그렇듯 중국 연길에 가면 백주를 마시고
프랑스 파리에 가면 포도주를 마신다.

그렇듯 나는 지구촌 어디를 가든
그곳의 물과 태양으로 빚은 술을 마신다.

그렇듯 어디를 가든 아니 가든
아직 맛보지 않은 술에 혀를 놀리기를 즐겨해 왔노라.

이런 나의 고백을 듣던 어느 식자(識者)가

-최소한 그 날 그 날의 신문만큼은 샅샅이 읽는다는-
말하기를 "당신은 바람둥이야" 라고 단정 짓는다.

뜻밖에 그 말을 듣고 곰곰이 생각해 보니
그의 말이 꼭 맞다고도 할 수 없지만
그렇다고 틀리다고는 더욱 할 수 없네.

🌸동동주

너의 달콤하고 부드러운
그 감칠맛에 번번이 속는구나.
은근한 너를 즐기다가
오히려 뒤통수를 얻어맞는 나는
은연중 너를 무시하였음인가.
살기 품은
아름다운 여인을 다스리지 못함인가.
너의 달콤하고 부드러운
그 감칠맛에 번번이 속는구나.

🌸 너와 나

나는 늘 네 속에 있고

너는 늘 내 안에 있다.

그런 너로 하여 나를 비추고

그런 나로 하여 너를 본다.

詩酒

시를 가운데 놓고 마주앉아

이러쿵 저러쿵 얘기하며 마시는 술을 '詩酒'라 한다면

그 시주를 즐겨 마시는 친구가 너댓은 되는데,

그 가운데 늦바람이 나 진짜 시에 미친 사내 하나 있어.

늘 아쉬운 그는 세상에서 귀하다는 술이란 술을 다 들고 나오는데

어느 날은 중국에서 제일로 친다나 어쩐다나 하면서

'鬼酒'를 내놓는다.

鬼酒라, 귀신이나 먹는 술이란 말인가,

아니면 이 술을 마시고 취하면 누구나가 귀신이 된다는 말인가?

알쏭달쏭하기도 하거니와

아직껏 맛보지 아니한 술맛을 보는 것은

새 여자를 탐하는 것과 같아

시야 뒤로 제켜두고 혀끝을 놀리기에 바쁘네.

"세 잔 술에 大道와 통하고, 말술엔 自然이 된다"고

술깨나 좋아했던 백이가 먼저 말했거늘

내 무슨 할 말이 있겠는가?

오늘, 나는 나도 모르는 새에 혀가 꼬부라지긴 했었도

분명, 술을 마시진 아니했네.

그저 귀신에 잠깐 홀렸을 뿐.

✿간밤에 아르헨티나에서 전송되어 온
  시 한 편

나의 아침이 그대 저녁이 되고
그대 저녁이 나의 아침이 되는 거리에서
오늘도 서로의 안부를 물으며
우리의 하루는 시작되네.

하지만 간밤에 전송되어 온
아르헨티나에서의 그대 시 한 편을 보고서야
심장이 까맣게 타들어가고 있음을
나는 알았네, 나는 알아차려 버렸네.

오, 그러지 말아요.
그러지 말아요.

구름도 잠시 숨을 고르다 넘어간다는
안데스 산맥 어느 호숫가 작은 마을에
하얀 식탁보 위론 예쁜 꽃을 꺾어 장식하고
양고기 아사도에 포도주를 준비해 놓고
기다리다 지쳐버린 그대,

하염없이 흐르는 세월의 길이를 가늠하기 위해서라도
머리카락을 자르지 않고 길러 두신다니……

오, 그러지 말아요.
그러지 말아요.

이 덧없는 세월의 무상함을,
이 덧없는 그리움의 아픔을
어찌 다 감당하려 하시나요.

그대 아침이 나의 저녁이 되고
나의 저녁이 그대 아침이 되는 거리에서
오늘도 서로의 안부를 물으며
우리의 하루는 시작되네.

그대를 위하여

그대를 위해서
내 마음의 한 구석을 비워 두겠습니다.

그대를 위해서
내 가슴의 한 구석을 비워 두겠습니다.

영영 만나지 못 한다할지라도

그대를 위해서
내 영혼의 한 구석을 비워 두겠습니다.

제4부

세상이 가벼워지고 있다

❀ 우리에겐 혁명만이 필요해

세상 사람들은,
가장 깨끗해야 할
정치판이 썩어 문들어졌다고 말들하지만
내가 보기엔 그 국민에 그 정치꾼이네.

그것이 슬픈 일이네.
그것이 슬픈 일이네.

김대중 선생, 선생하던 때가 언제이며,
그들은 다 지금 어디서 무얼하는가?
그들은 그것이 착각이요 오판인 줄 모르고
그에게 그리도 큰 기대를 걸고서
기어이 이 나라 대통령으로 만들어 놓았지만
5년 임기도 다 끝나기 전에
온갖 부정부패와 권모술수가 다 드러나고,
비록 노벨평화상을 받았다지만
평화가 어떻게 존재하는지도 모른 채
햇볕정책이란 미명 아래
오히려 평화를 위협하네.

그것이 더욱 슬픈 일이네.
그것이 더욱 슬픈 일이네.

무능한 문민정부에 속아시고
어두운 국민정부에 설마하며 또 속았으면서도
월드컵 축구 경기 하나 잘 치루었다고
몽준, 몽준, 외쳐대는 것이
혹여 5년 전, 10년 전과 같은
순진한 오판이 아니기를,
순진한 실수가 아니기를 바라고 바랄 뿐이네.

세상 사람들은,
가장 깨끗해야 할
정치판이 석어 문드러졌다고 말들 하지만
내가 보기엔 그 국민에 그 정치꾼이네.

우리는 왜 그런 정치판을 바꾸지 못하는가?
그동안 더러운 정치판에 발을 들여 놓았던 자들의 병든 발목을
왜 모조리 잘라내지 못하는가?

국가와 민족의 장래를 위한다는 대의를 망각한 채
그저 사리사욕에 혈안이 되었던 조무래기들을
왜 태평양에 내다 버리지 못하는가?
지금 우리에겐 혁명이, 혁명만이 필요하네.
총칼로써 사람을 죽이고
권력을 휘어잡는 혁명이 아니라
우리 스스로의 문제가 무엇인지
눈을 바로 뜨게 하는
그런 혁명이 필요하네.
그런 뉘우침과 깨우침이 필요하네.

우리는 똑똑히 보지 않았는가?
장, 장, 총리 서리들을 통해서 확인하지 않았는가?
우리 사회의, 소위 지도층 인사와
그 가계의 세금포탈, 투기, 특혜, 이중국적 등등
이루 다 헤아릴 수 없는 치부들을 말이다.
아니, 그들의 구린내 나는, 썩어빠진, 이중적인 삶의 행태를
속속들이 다 들여다 보지 않았는가?

이제 우리는 무엇을 믿고,

무엇에 힘을 얻어 살 것인가?

지금 우리에게 필요한 것은 혁명, 혁명뿐이라네.

썩은 부분을 도려내고, 그 자리에 새 살이 차오르게 하는,

그리하여 우리의 건강한 삶과 미래를 보장해 주는

그런 혁명, 혁명만이 필요할 뿐이네.

🌸 제2건국일

종로거리를 가득 메운 노점상들이,
버스 승강장을 승객들에게 되돌려 주는 날은 언제 오려나.

시시때때로 횡단보도를 가로막고 서 있는 자동차들이 사라지고
보행자가 편안하게 거닐 수 있는 날은 또 언제 오려나.

온갖 상품과 내다버린 쓰레기들이 널려 있는 퇴계로 을지로
청계천의 인도가
보행자들에게 되돌려지는 날을 기대해선 안되는가.

이런저런 행사장에서 예정된 시간에 예정된 행사가 시작되는
그런 날을 또한 기대해선 안되는가, 우리는.

아마도, 그런 날이 오려면 5년이 걸릴지, 10년이 걸릴지,
어쩌면 영영 아니 올지도 모르는 일이지만

만에 하나 그런 날이 온다면 그 날이 바로 우리에겐
국기를 내다 걸 혁명기념일! 길이길이 기념해야 할 제2건국일!

자본주의

제 아무리 온몸에 향수를 뿌리고
모피옷으로 알몸을 감싼다해도
몸 안의 마음과
마음 속의 몸이 썩어가는 냄새를 지울 수 없듯이

제 아무리 호의호식하며 떵떵거리고
제 아무리 칼자를 쥐고
전제군주처럼 군림한다해도
그의 가벼운 입술과
그의 얕은 머릿속은 천박하기 짝이 없네.

❀민주주의

세상이 활짝 열려있는 듯해도
닫혀있는 구석은 여전히 닫혀있고,
그의 속과 겉이 투명해 보이는 듯해도
어두운 구석은 여전히 어둡기 그지없네.

열리고 닫힘이 따로 없고
어둡고 밝음이 따로 없는 곳에서나
그가 설 명분이 사라지려나.

✿ 선진국 사람들

밖으로는 철저하리만큼
남에게 피해를 주지 않으면서
안으로는 동물 인간로서
자기 자신에게 솔직해져 간다.

❀두 얼굴의 지구촌

한쪽에선 입에 물리도록 먹고 마셔대도
남아도는 음식물 찌꺼기가 처치 곤란이지만
다른 한쪽에선 굶어 죽어가는 어린 것들이
곳곳에 널려 있네.

한쪽에선 곰 한마리가 차에 치어 죽어도
커다란 사건이지만
다른 한쪽에선 사람들이 죽어 나가도
조금도 대수롭지가 않네.

한쪽에선 평화와 풍요를 만끽하며
생의 찬가를 부르기 바쁘지만
다른 한쪽에선 폭력과 가난에 시달리며
절망적인 비명을 지르네.

그러나 태양과 지구는 여전히
낮과 밤을 부리고 사계절을 부려 놓네.
그러나 사람과 사람들은 여전히
자기 살기에 급급하네.

❀우리에겐 논리보다 눈물을 더 크게 계산해야

사람들은 쉽게 어제를 잊어 버린다.

오늘이 있기까지의 구구절절한 과정을 무시한 채

그 짧게 지나가는 오늘이란 자(尺)를 가지고

과거를 재기 때문에 온갖 억측이 나오는 것이다.

그 억측은 그간의 모든 관계를 부정하게 마련인데

그것이 더욱 설득력을 얻는 이유는

어제를 살아온 이들이 지나치게 과거에 매이면서

이미 달라진 오늘과

마땅히 다가오는 미래를 읽는 데 게을리 하기 때문.

사람들은 환경을 바꾸어가고,

바뀐 환경에 따라 사람들이 다시 바뀌고,

바뀐 사람들은 늘 다른 것을 요구한다.

그 요구가 차가운 논리일 수도 있고

하루분의 뜨거운 눈물일 수도 있다.

그런데 우리는 아무래도 논리보다 눈물에 약한가 보다.

한반도에서 인기를 누리는 정치인이 되려면

어제를 쉬이 무시해 버리고

오늘의 눈물을 더 크게 계산해 넣어야 하니까 말이다.

졸부 이야기

가난했던 사람이 어찌 어찌해서 큰 돈을 벌면
어느 날 갑자기 목에 힘이 들어가고
얼굴에선 어울리지 않는 개기름이 번들거린다.
아무리 과거를 숨기고 교양 있는 척해도
무식함은 통통 튀게 마련이어서 곧 탄로가 나고 마는 것을.
그렇듯 크고 좋은 차를 타고 다니는 사람들은
그렇지 못한 이웃들을 은연중 무시하고,
저택을 짓고 남부럽게 사는 사람들은
그렇지 못한 이웃들을 내놓고 무시하기도 한다.
그렇듯 우리보다 못한 나라들을 여행하면서
자신도 모르는 사이에 오만함이 고개를 들어
돈을 뿌리고, 명령하듯 온갖 거드름을 피워대는 이들도 있다.
네가 바로 그런 졸부이든 아니든
내 마음속의 너를 통해서 자본주의의 끝을 예감한다.

문명의 이기를 사용하면서
인간은 자신도 모르게 오만해지고,
돈을 잘못 쓰면서

인간은 스스로 천박해진다는 사실을
저 졸부들과
그들로부터 무시당하면서도 악착같이
졸부가 되려는 이들에게 전해 주고 싶으이.

❀평화는 우리의 피를 먹지

내가 미국의 부시 대통령이라 해도 그렇지.
이라크와 전쟁준비를 철저하게 해온 터에
돌출한 북한의 핵문제를 평화적으로 해결하겠다고 말하지
무력으로 해결하겠다고 말하겠는가.

내가 미국의 부시라 해도 그렇지.
어설픈 평화주의자들은 나를 전쟁미치광이로 치부하지만
내 나라의 심장부가 강타당하고,
수많은 국민들이 먼지처럼 사라져 버리는 현장을 목격하고도
테러리스트와 그 후원 세력을 가만 놔두겠는가.

세계인이 보란 듯이 이라크 먼저 치고,
또 언제 그랬냐싶게 북한과 교섭을 벌이되
예전처럼 상식 밖의 말을 되풀이한다면
그 순간 도끼만행처럼 내리치는 거야.

그것이 정당한 순서이고
그것이 정당한 화법이야.
그동안 북한이 우리에게 보여준

말과 행동을 전제한다면 아무것도 아니지.

내가 미국의 대통령 부시라 해도 그렇지.
평화가 어떻게 존재하는지를,
평화라는 그 고운 이름도 우리의 피를 먹고 산다는 것을
똑똑히 보여줘야 해.

그것은 인간의 역사가 말해줘.
그것을 망각하면 우리가 그랬듯이
KAL이 피격당해도 끽소리도 못해.
평화라는 이 온실 껍데기가 어느 날 갑자기
외풍에 날아가 버릴 수도 있음을 왜 망각하는지.

수없이 당하고도 곧잘 잊고 사는,
잘난 서울 사람들, 뱃속이 너무 느끼해.
대단한 서울 사람들, 정말 대단해.

일본 사람들은 우리 땅 독도를 제 것이라고 우기는 마당에
대마도가 우리 것이라고 왜 말도 못해.

광개토대왕의 비가 엄연히 서 있는 백두산 너머
우리 땅을 왜 우리의 것이라고 말도 못해.

정말 대단한 사람들이야.
정말 알 수 없는 사람들이야.
남의 땅을 제 것이라고 우기는 놈이나
제 땅을 제 것이라고 말도 못 꺼내는 놈이나
다 같이 대단해. 정말 대단해.

❀세상이 가벼워지고 있다

남과 북이 엄연히 대립되어 있는 상황 하에서
무력적화통일을 북이 일방적으로 추진하던 시절에
예비군제도를 폐지하겠다고 하여
많은 지지를 이끌어냈던 이는 누구인가?

대안 없이 군복무기간을 단축시키면
전쟁임무수행능력이 얼마나 떨어지는지 생각 한번도 못해보고
복무기간을 2개월 단축시키겠다고 약속한 이는 누구이며,
그를 지지한 이들은 또 누구인가?

그야말로 누이 좋고 매부 좋은 공약이고 선동이지.
국사를 그런 식으로, 그것이 무슨 개혁인 것처럼
헛소리만 늘어놓는 정치꾼들은 누구이며
그들에 놀아나는 이는 또 누구인가?

세상이 가벼워지고 있다. 사람들이 경박해져가고 있다.
아직은 외풍을 막아 줄 든든한 온실 안에 있으니
괜찮기야 하겠지. 괜찮기야 하겠지.
암, 그렇고 말고.

날로날로 가벼워지고 경박해져가는
나와 너의 역사를 경계한다.

❀채찍과 당근

채찍과 당근이라, 참 좋은 말이지.

그리 좋아하는 당근은 주지 않으면서 채찍만 가해 보라.

말 못하는 말도 화를 내며 그대를 거절할 거야.

그렇다고 당근만 배불리 먹여 봐라.

네가 가야할 때는 몸이 무거워 잘 뛰지도 않을 거야.

그러니 적당이 당근을 먹이면서

채찍을 가하는 게 좋아.

이것은 말 타는 녀석이 말에게나 하는 짓이지.

그런데 요즈음 이 당근과 채찍이,

국가와 국가 사이에서도

사람과 사람 사이에서도

남자와 여자 사이에서도

그대로 적용되는,

아주 편리한 공생의 원리가 되고 있잖아?

미국의 부시가 북한의 김에게,

조폭의 두목이 아랫것들에게,

가진 자가 못 가진 자에게

즐겨 쓰는 민주적 방식이니

채찍과 당근이라, 참 좋은 말이지.

스스로 말(馬)이 되고자 하는 사람이 많으니
그 말을 타고 달리려는 이도 있게 마련 아닌가.

🌸남북통일을 원한다면

정말로 남북통일을 원한다면
북한에 쌀 주지 말고 중유도 주지 말고
옷도 약도 주지 말아야 해.
날더러 피도 눈물도 없는 놈이라고?
하지만 나에게도 너만큼 눈물이 있고 뜨거운 피도 흘러.
그들은 정상적인 국가가 이미 아니야.
그저 조폭 같은 단체일 뿐이야.
아마, 그동안 갖다 바치었던 쌀 소 옷 약품 돈만 아니었어도
북의 공산당 정권은 무너졌는지도 몰라.
그들은 인민의 피를 빨아먹는 흡혈귀 같은 존재들이지.
결국, 그들의 목숨만 연장시켜 주었을 뿐이야.
정말로 남북통일을 원한다면
양쪽의 정치꾼과 군 수뇌부의 손발을 묶어 놓으면 돼.
누구든 내 땅 내 맘대로 왔다 갔다 할 수 있어.
통일을 외치면서 통일을 방해했던 이들이 바로 그들이야.
죽은 김일성이라든가, 이승만 박정희 같은, 그렇고 그런 놈
들이지.
지금 당장 이 순간에도 그들을 무시하고

그냥 왔다 갔다 하면 돼.

가고 오고 싶은 내 땅 왜 못 가고 못 오나?

통일을 외치는 놈들이 막고 있으니 그렇지.

아무튼, 권력을 잡은 놈들만 없어지면 돼.

통일은 아주 쉬운 것이야. 그건 본능이야.

다시 판을 짜면 돼.

그들을 빼고서 말이야.

네티즌

나는 네티즌을 두려워한다.

그러나 무식하니까 무식하게 말하자.

TV와 컴퓨터 없이는 살 수 없을 정도로

그것에 눈과 귀를 고정시키고 살아가는 사람들은,

늘 종알종알 말들은 무성하지만 단순하기가 이를 데 없다.

그들은 TV 채널 수만큼 제한된 메뉴에 국한하여 말하면서

쉽게 흥분하고, 늘 흑이냐 백이냐를 강요할 뿐

이도 저도 아닌, 아예 TV를 보지 않고 사는 나 같은

소수 인에 대해선 배려할 줄도 말할 줄도 모른다.

바로 그렇기에 전체 국민의 절반은 어렵지 않게

같은 생각을 하고, 같은 감정을 갖고,

같은 행동으로 통일할 수가 있다.

이런 현상을 두고 '국민적 단결과 국민적 자존심' 운운하며

소위 배웠다고 하는 작자들은 입을 놀리기 바쁘다.

하지만 천만에 말씀이다.

그 편리한 문명의 이기 앞에서

자신들도 모르는 사이에 단순해지고 있고,

바로 그렇기에 쉬이 하나가 될 수 있는 것이고,

바로 그렇기에 쉬이 무너질 수도 있다는 사실을 왜 모르는가.

소위, 네티즌의 이분법적인 사고방식과 단순한 행동양식이,
그리고 그를 두려워하는 나 같은 방관자들이
그런 시스템 속에서 나온, 일종의 부산물에 지나지 않는다.
나는 무식하니까 무식하게 말할 수밖에 없지만
현대사회의 그 똥 같은 그것을 나는 심히 두려워한다.

🌸 슬픈 페미니스트

남자가 하는데 여자라고 못해?
여기서부터 시작하는 페미니즘은 페미니즘이 아니다.
일종의 항변이요, 콤플렉스요,
여자로서 여자에 대한 거부요, 무지일 뿐이다.
멋있게 담배를 피워대는 여자,
먼저 섹스를 요구하고 당당히 거절하면서
남자 위로 올라가는 여자,
야성미 넘치게 중장비를 움직이는 여자,
특수부대요원, 투포환선수, 대통령 등
무엇이든 남자와 균등한 조건에서 능력껏 할 수 있어야 한다?
그렇다. 근본적으로 남자와 동일한 조건을 가지는 것이
페미니스트의 꿈이요, '페' 자도 모르는,
여자 없이는 못사는 나의 꿈이다.
바로 그것을 보장하지 않고 거부하는 남자와 국가는
인간의 본질에 대해 공부를 더 해! 더 하라고!
하지만 젊어서부터 많은 사람들 사이를 왔다 갔다 하면서
바쁘게 살아온 남자 같은 여자들을 보라!
그녀에겐 보통의 여성들이 갖지 못하는
능력과 사회적 활동 실적이

그녀의 머리와 어깨 위에서 빛나지만

그만큼 여성으로서의 부드러움은 틀림없이 부족해.

지금, 당신, 무슨 말을 그렇게 하는 거야?

절대 그럴 리 없어!

그런 생각 자체가 여자에 대한 편견이라고!

앞으로 말조심이나 해!

그렇게 항변하거나 우격다짐하겠지만

내 눈엔 그래. 어쨌든 그래.

생각해 보라고. 그것 없이는 남자도 힘 못쓰는,

여자의 부드러움보다 더 큰일을 할 수 있는 게 있으면

나와 보라고 해! 없다고 없어!!

그런데 그것을 스스로 포기하고,

고작 작은 일에 매달리려고 해?

어리석기는, 그런 실수는 곤란해. 정말 곤란해.

여자로서 여자에 대한 주권 포기요, 무지일 뿐이야.

이상기후와도 같은 자연에 대한 거부일 뿐이야.

🍀옵션

미아리로 가자.

아니면 청량리 588로 가자.

그도 아니면 엘로우 하우스나 해운대 뒷골목으로 가자.

그 곳에 가면 걱정할 것이 하나도 없다.

내 맘대로 여자를 선택할 수도 있고,

내 맘대로 체위를 요구할 수도 있다.

웃돈만 주면 모든 것이 다 옵션이다.

에이즈 예방용 콘돔이 준비 되어 있고,

시든 고추를 강력하게 세워 주는 비아그라도 있다.

정육점의 환각적인 불빛과

우리들의 허리를 부드럽게 받쳐 주는 물침대도 있다.

이런 것들의 달콤한 유혹이

이성이란 울타리를 걷어 치워 버리면

몸 안에서 잠 자던 동물적 욕구와

그것의 발산만이 보장된다.

그 순간의 기쁨이, 그 순간의 열락이

비명이 되어 자지러질 때

최고의 행복, 최상의 자유라는 깃발이 나부끼는 곳

그 곳으로 가자, 그 곳으로 가자.

돈만 있으면 모든 것이 다 옵션이다.

죽음의 문턱에서 생명까지도 연장할 수 있다.

위대한 돈의 나라, 돈의 노예들이 사는 곳,

천국에서도 통하는,

절대적인 권력을 지닌 돈이여, 옵션이여,

만세, 만세, 만만세.

돈으로 일어난 세상, 돈으로 몰락하기를 재촉하는 세상,

우리 모두 미아리로 가자.

청량리 588로 가자.

그 곳에 가서 함께 침몰하자.

그 곳에 가서 함께 부활하자.

모든 것이 다 옵션이다.

제5부
오늘 아침 나의 깨달음

🌸비밀

아는 이는 알고
모르는 이는 죽어도 모르리라.
사람에게만 있는
어둠의 뼈.

✿우려

사람들은 나의 시에 대해서 우려를 한다.

점잖은 사람일수록 우려를 더 크게 한다.

특히, 나를 알고 지내왔던 사람들은

더욱 놀라며 심각해지고 있다.

하지만 보라. 내 어깨를 스치는

지구상의 62억이나 되는 인간들은 모두가

당신들이 우려하는 그 섹스의 산물이지 않는가.

우려하는 당신도, 나도, 그 누구도 예외일 수는 없다.

처음부터 기획되었든 한 순간의 실수이든지 간에

인간이 누린 사랑의 결실이다.

자연이 허락한 생명의 비극적 찬가다.

🌸시인들의 자화상

내 주변에 있는, 시를 쓰는 사람들은,

옆에 앉아 있는, 다른 시인들에 대해서 아는 바가 없다.

몇 년에 걸쳐 몇 차례씩 같은 장소에서

저녁식사를 함께 하고 대화를 나누어 왔어도

여전히 아는 바가 없다.

상대방에 대해 막연히 그런 사람일 것이라고 짐작할 뿐

무엇 하나 정확히 아는 바가 없다.

특히, 상대방이 쓰는 시가 어떤 빛깔에 어떤 향기를 내는지,

어떤 모양새를 띠는지 알려하지를 않는다.

그러면서 자기와 자기 시에 대해서 만큼은 알아주기를 기

대한다.

아니, 그런 목적을 달성하기 위해서라면

집요하리만큼 잔머리를 굴리며 노력한다.

그래, 그들은 자기 시 외에는 남의 시를 읽지 않는다.

왜냐고 물으면 읽어보아도 뻔하다고 말들 하겠지만

그들은 늘 세상 사람들이 시를 읽지 않는다고 투덜댄다.

詩作法

이른바, 좋은 시를 쓰기 위해서는

말도 되지 않는 말을 그럴 듯하게, 혹은 모호하게 잘 해야
하고,

그러기 위해서는 허풍을 떨더라도 역시 그럴 듯하게 떨어
야 하고,

진실을 감추더라도 철저하게 감추어야 한다.

또 그러기 위해서는 보통사람들과 다른 인생을 살되

가능한 한 기구한 운명이나 팔자의 주인공처럼 살아라.

그게 아니 되면 그리 사는 척이라도 하라.

또 그러기 위해서는 착하든지 사악하든지

어느 쪽이든 끝머리에 서서 독야청청 하라.

그리해야 그러지 못하는 대다수의 용기 없는, 순박한 사람
들의

시선이 쏠릴 것이고, 그 자체로서 그대는 하루아침에

능력 있는, 아주 특별한 시인이 될 것이다.

그렇게 평가하는 사람들은 어차피 우매한 백성들이니까.

나를 건드리지 마

나를 건드리지 마.

내가 입을 열면 세상이 발칵 뒤집혀서가 아니다.

누군가 나를 건드리면 내가 폭발하고 마는 부비추랩이거든.

나를 건드리면 내 몸 안에서는 시가 마구 쏟아져 나와.

그 알몸의 시들이 다시 새끼들을 마구 쳐대어

방심하다가는 그 놈의 시들에 내가 압사당하거나

나의 진을 다 빼앗기어 시들시들 내가 죽을 수도 있거든.

그래서 나는 아직 시가 되지 못하는 말들을 가득 껴안고서

잔뜩 웅크려 부치고 있는, 폭발 직전의 고요가 더 좋아.

설령, 세상에 시 한 편을 내놓지 못한다 할지라도

아직도 시가 되지 못하는 말들을 가득 품고서

잔뜩 웅크려 부치고 있는, 폭발 직전의 침묵으로 머물고
싶어.

나를 건드리지 마.

내가 입을 열면 세상이 발칵 뒤집혀서가 아니다.

✿사람

이 세상에서 가장 아름다운 것도
가장 추한 것도,

이 세상에서 가장 무서운 것도
가장 믿을 수 있는 것도
사람이다.

사람이다.
사람이다.

자연

사람이 모르면
신비이고 기적이지만,
알고 나면
사실이고 진리이다.

🌺인간을 인간답게 하는 위선

순진하거나 비겁한 세상 사람들에게
충격을 주려면,

예술을 한답시며
대단한 용기와 능력이 있다고 인정받으려면,

그리하여 대중들로부터 그렇고 그런
예술상이라도 하나 얻어 타려면,

먼저 자기 자신에게 솔직해져봐.
그리고 남들 앞에서는 대담해져봐.

동물적 인간으로서
혹은 인간적 동물로서 말이야.

어차피 세인들은 그런 너와 같거나 비슷한 무리이나
말과 행동으로 보여주지 못하는
비겁자이거나 순진한 이들일 테니까.

누가 더 허풍을 잘 떨며, 과장을 하더라도
그럴 듯하게 하는가는 단순한 기교일 뿐이야.

돌이켜보라고.
인간의 예술사나 문학사는 그저,
누가 더 자기 자신을 솔직하게 보여 주는가일 뿐.

사람들은 저마다 동물이 되어가려하면서도
동물이 되어서는 안 된다고 말할 뿐이지.
이것이 인간을 인간답게 하는 위선이야.

그 위선을 공격해. 아주 신랄하게 말이야.
그러면 그들은 너무나 쉽게 손을 들고 말거든.
인간은 그저 그런 동물이야.
끝까지 동물이 아니라고 항변하는 분명한 동물이야.

🌸 나는 유신론자

인간의 잘잘못을 따지고 심판하는
신(神)이 없기에
나는 그런 신을 믿으라 한다.
정말 신이 없는데 없다고 말한다면
인간은 얼마나 오만해질 것이며,
또 실제로 없는 것보다야 있는 게 낫지 않은가.
신에 매여 사는 수많은 사람들을 보라.
한없이 불쌍해 보이기도 하지만
한량없이 스스로 행복해도 하는 법.
신이 없기에
인간의 잘잘못을 따지고 심판하는
신을 믿으라 한다, 나는.

❀ 인간의 운명

인간을 구원해 주는 것은,
인간으로서의 진실이 아니라
인간이면서 그 이상을 꿈꾸는 위선이다.
인간은 결국 인간에 의해서
멸망하게 될 것이므로.

✿大道無門

내가 문조차 없는 큰 길을 꿈꾸는 것은
자신이 좁은 길을 가며
숱한 문들을 여닫고 있다는 증거.

그것은 어쩔 수 없는
나의 길.

❀훈수

술집에서 어느 중놈이 점잖게 말했지.

"참 답답들 하십니다.

왜, 그 뜨거운 커피 잔을 붙들고 있어요?

손을 데이기 전에 그냥 놓아 버리면 될 것을……"

일견 옳으신 말씀이다.

대단한 깨달음이다.

그러나 중이 못되는 내가 말했지.

"무슨 말씀을 그리 하오?

뜨거워도 끝까지 붙잡고 있는 사람만이

그 커피 맛을 볼 수 있지요."

그러자 좌중에 술집 도우미들이

와- 하고 박수를 쳐댄다.

그 날은 그렇게 내가 이겼다, 말장난에서.

인생의 커피 맛을 보기 위해

갖은 고생을 참아내고 있는 이들 앞에서

한 수 가르쳐 주었다면 주었지 뭐.

❀여호와 증인과의 짧은 대화

어느 날 나의 사무실 문을 노크하며
두 여인이 점잖게 들어섰다.
알고 보니 여호와 하나님의 말씀을 전하는 증인들이시다.
그들은 긴박하고 중요한 말씀을 전해주려 왔노라 하시면서
대화를 나눌 수 있는 약간의 시간이 있느냐고
조심스레 물어왔다.
그래, 나는 무엇이 그리 긴박하며,
무엇이 그리 중요한 말씀이요 라고 되묻자,
그들은 죽지 않고 영원히 살 수 있는 법을 가르쳐 주기에
중요하고
종말의 때가 임박해 왔음을 알려 주기에 긴박하다는 것이다.
그런데 이상하게도 난 그들에게
'당신들처럼 영원히 살고 싶은 생각 자체가 없으며,
이대로 80년만 살다 죽어도 여한이 없는 사람이라' 고
천천히 그리고 정중히 말해 버렸던 것이다.
그러자 그 말을 듣던 그들은 더 이상 할 말이 없었던지
조용히 웃으시면서 물러들 가셨다.

🌸쾌변

때가 되면 이 지구도 생명 부양력을 다 상실하게 되어 있어.

그것이 바로 지구의 죽음이란 거야.

죽은 지구가 다시 태어난다 해도 예전의 것은 이미 아니지.

그렇듯 때가 되면 우리 인간도 아주 가볍게, 가볍게 죽게 되어 있지.

그것이 바로 인류의 종말이란 거야.

지구의 수명을 재촉하는 일도,

인간 자신의 수명을 앞당기는 일도 따지고 보면 다

인간에게 주어진 자연이란 거야.

그러니 자연으로 돌아가지 말라 해도

우리는 자연 속에서 살고 있을 뿐이지.

꼭 숲 속만이 자연이 아니야. 빌딩 숲도 자연이야.

꼭 건강한 것만이 자연이 아니야. 병들어 죽는 것도 자연이야.

그러니 마음 놓고 살라고!

설령, 하나뿐인 지구를 깨어먹는다 해도

설령, 인류의 종말을 앞당긴다 해도

설령, 스스로 알아서 죽게 내버려두거나 억지로 연장시킨다 해도

인간에게 씌워진 자연이란 운명일 뿐이야.

❀어느 날의 내 푸념

서기 2002년 7월,
여기, 캐나다에 와서 십오 년 이상 살고 있지만
진짜 사람 대접 받고 사는 것 같아요.
사업가 김 씨의 말이다.

서기 2002년 8월,
여기, 작년에 친구들이랑 여행 왔다가
너무너무 산이 좋고 물이 좋고 단풍이 좋아
이젠 아주 눌러 살려고 이민수속을 받고 있는 중이에요.
시인 이 씨의 말이다.

여름 한 철 잠시 나도 둘러 보았지만
김 씨의 말도 옳고, 이 씨의 말에도 신뢰가 간다.
그런데 나는 왜 그리 쉽게,
그렇지도 못한 이 좁은 땅을 떠나지 못하나?
그런데 나는 왜 그리 쉽게,
그렇지도 못한 이 땅의 무성한 말을 버리지 못하나?

그래, 그래 분명한 건 그보다 못하기 때문이지.

그래, 그래 분명한 건 그보다 못하기 때문이지.

'생각하는 사람과 아름다운 사람들' 이란 문학카페 식구들에게

그래도 사람들에게서 희망이 있는 것은,
그래도 사람들에게 기대를 걸어도 좋은 것은
이웃을 위해, 인류를 위해
무슨 대단한 일을 해서가 아니라
저마다 아름다움이란 손을 꼬옥 붙잡고
저마다 진실이란 가슴에 귀를 기울이며
작은 소망 하나로 살아가기에 그렇다네.
한 편 한 편 올려지는 시와 음악과 영상을
물끄러미 바라보노라면 문득 그런 생각이 다 드네.

❀오늘 아침 나의 깨달음

산다는 것은,
스스로의 욕구, 욕망을 충족시키기 위한 활동이고,
자기 자신에게 솔직해져 가는 과정이다.

그 과정을 존중해 주는 것이 민주이고
그 활동의 충돌을 막는 궁여지책이 법과 제도다.

이것이 오늘 아침, 내가 깨달은
헛것이다.

🌸동해와 서해

누구 누구는 휘파람을 불며
푸르고 푸른 동해로 간다지만
나는 나는 서해의 저녁으로 가네.
시름을 배고 누워 있는 그대와 눈을 마주치기라도 하면
어딘선가 서글픔이 밀려오지만
말없는 그대 우수 속엔
내 생명의 끈이 숨어 있네.

누구 누구는 콧노래를 부르며
살포시 다가와 곁에 앉는 서해로 간다지만
나는 나는 동해의 아침으로 가네.
긴 다리로 서 있는 그대와 마주서노라면
그대 젊음이 나를 주눅들게 하지만
오만한 그대 기백 속엔
젊음이란 싱그러움이 넘치고 넘치네.

누구는 동해로,
누구 누구는 서해로들 간다지만
나는 나는 동해도 서해도 아닌

누워 있는 바다의 우수가 아니면
서 있는 바다의 젊음에게로 가네.
서 있는 바다의 아침이 아니면
누워 있는 바다의 저녁에게로 가네.

🌸구멍論

커다란 혹은 깊은
구멍이 눈부시다.
푸른 나뭇잎에도, 사람에게도
바람에게도, 하늘에도, 우주에도
그런 구멍이 있다.
기웃거리는 나를 빨아들이듯
불타는 눈 같은
그런 구멍이 어디에도 있다.
사람이 구멍으로 나왔듯이
비가 구멍으로 내리고
햇살도 구멍으로 쏟아진다.
어둠이라는 단단한 껍질에 싸인 채
소용돌이 치는 비밀의 세계로 통하는
긴 터널 같은,
無에서 有로, 有에서 無로 통하는
긴 탯줄 같은
구멍은 나의 숨통, 나의 기쁨, 나의 슬픔.
구멍을 통해서만이
한없이 빠져들 수 있고, 침잠할 수 있고

새로 태어날 수 있다.
그것으로부터 모든 것이 비롯되고
비롯된 모든 것이 그곳으로 돌아간다.

🌸후기

딱 7일 만에 50여 편을 썼지.

사방으로 흩어져 있던,

나의 영혼을 불러들여 그들이 하는 말에

귀를 기울이며 주섬주섬 받아 적은 것이지,

이것들은 분명 시가 아니야.

하지만 세상 사람들은 시 아닌 시를 참 좋아해.

그들은 시를 알 리 없으니 그럴 수밖에.

그래, 나는 나의 능력을 확인해 보고,

마침, 내가 쓸 수 있는 시는 이미 다 써 버렸기에

마땅히 할 일도 없는 터라 잠시 말장난을 즐기면서 휴식을
취했지.

하지만 내가 줄 수 있는 처음이자 마지막 선물인지도 몰라.

그 쯤 알고 한 번 음미들을 해봐.

머릿속을 복잡하게 하지는 않을 거야.

다 드시고 혹 내 생각이 나더라도 나를 찾지는 마.

나는 이미 없어.

나의 영혼들은 흩어져 내 곁을 다 떠나버렸거든.

지금 있는 나는 껍데기뿐이야.

그저 빈 집이라고.

🌸후기를 위한 후기

만약 이 책이 많이 팔린다면
역시 세상 사람들은 시를 좋아하는 게 아니라
시가 아닌 시를 좋아한다는 명백한 증거야.
그들은 어차피 진짜 시를 모르므로
시의 옷을 걸친 썩은 고기를 즐기는 것이지.

만약 이 책이 많이 팔리지 않는다면
역시 세상 사람들은 진실을 아는 척해도
진실이 아닌 조작된 사실에 팔려 산다는 명백한 증거야.
그들은 어차피 자기 눈이 없으므로 남의 눈을 빌려
썩은 고기 맛을 보면서도 싱싱한 것으로 오판하는 것이지.

그러므로 나의 이 책은 많이 팔려서도 안 되고
많이 팔리지 않아도 안 되는 기이한 운명이지.

우는 여자

2003년 2월 15일 초판인쇄
2003년 2월 20일 초판발행
지은이:동 방 시
펴낸이:이 시 환
펴낸곳:도서출판 **신세림**
100-015 서울특별시 중구 충무로5가 19-9 부성B/D 702호
등록일:1991. 12. 24
등록번호:제2-1298호
전화:02-2264-1972
팩스:02-2264-1973
E-mail:shinselim@chollian.net

정가 7,000원

ISBN 89-85331-89-2, 03810